KB145717

돌담이야기 하나

돌담동인회

돌담동인회

2019년 8월 시작된
돌담 동인회(밴드)는
짧은 글로 대화합니다.
글이 길면 읽기 어렵고
쓰기 힘들고
바닥도 쉽게 드러나므로

생생한 생글, 속보이는 글을
가급적이면 줄이고 줄여서
간명하게 씁니다.

돌담2020

초판 인쇄일 2020년 12월 31일
초판 발행일 2020년 12월 31일

지은이 | 돌담동인회
펴낸이 | 장문정
펴낸곳 | 도서출판 그림책
디자인 | 정해경
출판등록 | 제2010-000001
주소 | 경기도 수원시 영통구 이의동 웰빙타운로 70
연락처 | TEL(070)4105-8439
E-MAIL - khbang21@naver.com

돌담 이야기 하나

돌담2020

돌담이야기입니다
우리들의 이야기입니다.

구들장 위에서도
돌담장을 넘어서도
우리들의 이야기는 정겹습니다.

손가락으로 화면을 넘기며 나누었던 이야기를
이제는
책장을 넘기며 이야기를 나누게 되었습니다.

꿈이 현실로 되어가는 우리들의 이야기…

돌담지기

돌담 최 기 창

돌담동인회 – 돌담이야기 하나

CONTENTS

시 부문

봄날은 간다 ············13
바람 ············14
봄이 오는 소리 ············15
잘나지도 못하고 못생긴 놈 ············16
김장하는 날 ············17
잠시 쉬었다 갑시다············18
사랑하는 딸 가을이에게 ············19
알밤과 도토리 ············20
달맞이 꽃 ············21
마지막 잎새············22
이순 그리고 이후············23
삶············24
사랑············25
느낌이라는 거············26
허공············27
너와 나············28
자연의 순리············29
초록무가 익었어············30
장작개비············31
보일러············32
쇼핑 중독············33
3단계············34
사랑 이야기············35

안음과 안김·············36

님아·············37

뚜껑·············38

딴 세상·············39

피리·············40

하늘 바다·············41

잠깐·············42

동반자·············43

처럼·············44

기다리며·············45

쉬엄 쉬엄·············46

하루살이·············47

하나·············48

울 엄마·············49

김장 하는 날·············50

손녀 그림 ·············52

공주병·············53

생각·············54

봄비·············55

가난뱅이 비설거지·············56

연말연시·············57

나·············58

백일홍·············59

휴일·············60

인사·············61

세월·············62

늙음·············63

은행나무·············64

한줌 밖에 안 되는 인생·············65

이별·············66

흔들흔들·············67

삶의 무게·············68

김장·············69

소풍·············70

엉뚱시·············71

나리·············72

계곡·············73

꽃 질투·············74

마무리·············75

복지 사회·············76

하수와 고수·············77

좀 더·············78

지켜보기·············79

꽃날·············80

사랑은·············81

당신은·············82

자존심·············83

낙엽에게·············84

마음은·············85

내일로 가는 길·············86

방귀·············87

마당에 풀어 키우던 장닭·············88

바람 이유·············90

가을 회상 ·············92
간병 ·············93
혼자 가는 사랑 ·············94
인생 ·············95
어떤 그리움 ·············96

수필 부문

제주 돌담2(건담) ·············98
제주 돌담3(생담) ·············101

그림 부문

그림 부문 ·············104

사진 부문

돌담들 ·············111
돌들 ·············114
하늘들 ·············119

밴드 현황 ·············124

참여하신 분들 ·············134

협찬해 주신 분들 ·············135

돌담이야기 하나

봄날은 간다

김선웅

봄날은 간다
바람이 세차게 몰아친다
바람과 함께 봄도 가려나보다

자연의 냉해와 바이러스의 두려움에
서로를 돌아보지 못하고
아름다운 계절은 떠나려한다

머지않아 신록의 계절이 돌아오겠지
아름다운 꽃잎은 떨어지고
푸르른 옷으로 갈아입고 있다

주어진 삶에 충실한 친구들!
친구들이 보고싶다
꽃피는 춘삼월에 만나려 했는데

세상이 거꾸로 가는 것 같아 마음이 아프다
거센 바람과 함께
더러운 것을 날려보내고
하루 빨리 본연의 모습으로 돌아와
다시 만날 수 있는 날이 오길 고대하고
그 날을 기약하며 건강하게 잘들 지내시게

바람

김선웅

이른 봄바람
만물을 잠에서 깨운다

따뜻한 향기 전하는 꽃소식바람
농부의 굵은 땀 식혀주는 하늬바람

삼복더위
늘어진 몸 태풍이 일으키네
춘하추동 몰고 간 바람
오곡백과 두고 갔네
동지섣달 부는 바람
황토방의 따뜻한 화로바람

인생사 새옹지마
죽마고우 지란지교
우정 바람소리
세상가득 채움을 기리며

봄이 오는 소리

김선웅

멀리서 들려오는 꽃피는 소리
만물이 기지개를 피는 싹트는 소리
나물케는 아낙네의 호미소리
농부의 발자국과 밭가는 쟁기질소리
버들가지 싹트는 훈훈한 바람소리

자유를 만끽하며
하늘 나는 딱새의 울음소리
양봉장에 벌들의 날개소리…

우리 곁에 봄은 오고 있습니다
겨울의 낡은 옷을 벗어버리고
희망의 새 옷으로 갈아입읍시다

친구들 늘 건강하고 활기차게 봄을 맞길 바라며…

잘나지도 못하고 못생긴 놈

김선웅

세상에서 관심조차 받지 못하고
이름도 지어주지 않고
그냥 못 생겼다고 알아주지도 않는 꽃입니다

직접 먹을 수 없으니 짜증도 나겠지요
하지만 내 몸은 한약재로 쓰이고 향기도 좋아
많은 이에게 유익을 주는 열매랍니다

요즘 꽃을 피워 세상의 관심을 받고 싶지만
눈에도 잘 띄지도 않고 보이지 않아
그냥 지나쳐가네요

그래서 주인님이 사진에 담아
예쁘다고 하니 그나마 위안이 됩니다

열심히 노력해서 더 알찬열매로
보답하겠습니다

누가 뭐래도 주인님의 건강을 위해
비바람이 몰아쳐도 끝까지 살아가겠습니다

나는 누구일까요?

김장하는 날

김선웅

김장은 겨울이 오기 전 양식을 준비하는
우리 민족의 풍속이다

이맘 때쯤에 마늘을 심고
봄이 오면 고추씨를 뿌리고 파를 모종하며
여름이면 고추를 따서 말리고
배추, 무 심고 추운 겨울이 오기전 김장을 한다
일 년 동안 준비하여 만들어진 예술품! 김치
오늘 나에겐 특별한 날이다
김장하는 아침
이 세상을 처음 구경한 첫날
엄니가 그리워진다
진수성찬,
해물 파전, 고등어 숯불구이, 우거지 뼈해장국,
며칠 전 담은 총각김치가 맛을 더한다
이보다 기쁘고 감사한 날이 또 있을까?

잠시 쉬었다 갑시다

김선웅

뜨거운 햇살이 내리 쬐일 때
힘들고 어려워 넘어질 때
옛 추억이 그리워질 때
때론 내 마음대로 할 수 없을 때
모든게 귀찮아 질 때

나는 지난날을 회상하며
내일을 바라보며
잠시 쉬었다 갑니다

머지않아 시원하고
아름답고 풍성한 가을이 올 것을
기대하며…

사랑하는 딸 가을이에게

김선웅

너를 맞이한 것이 엊그제 같은데
벌써 떠난다 하니 몹시 서운하구나

많은 사람들이 너를 찾아 들로 산으로
분주한 나날들을 보냈지

너를 통해 겸손을 배웠고
아름다운 모습과
풍성함을 통해 감사를 배웠단다

너는 나에게 60번째 생일을 맞이하게 했고
또한 사랑스런 며느리를 만남으로
귀중한 행복을 선물했지

왜 그리 빨리 떠나려하는지?
추운 겨울이 오기 전 잠시 쉬었다가

해가 바뀌면 더 예쁜 모습으로 돌아오려무나
그 날을 기약하며 기다리마
예쁜 딸을 보내며

 2019년 자연인 아빠가

알밤과 도토리

김선웅

다람쥐의 욕심은 숲을 가꾸고
人間의 慾心은 자연을 파괴하네

달맞이 꽃

김선웅

아주 작은 것
사소한 일
보잘 것 없는 것
눈에 띄지 않는 사람 …

지나치기 쉽지만
가장 소중하고
매우 중요하고
귀중한 사람이리라

우리 모두 함께하는 5월
분홍 애기 낮 달맞이꽃
작지만 아름답습니다…

마지막 잎새

난초 박경란

내 인생의 소중함을
깨닫게 되었을 때
너마저도 내게는
삶의 의미가 되었다

이순 그리고 이후

난초 박경란

매사 '그러려니'가 편한 나이
'모든 것은 다 지나간다'를
깨닫는 나이

직선보다 곡선이
무난함을 아는 나이

이 세상을
보듬을 줄 아는 나이

삶

난초 박경란

오를 때 보이지 않더니
내려올 때
더 잘 보인다

이것이
너와 나의 삶이다
우리의 삶이다

사랑

난초 박경란

꽃 필 때
사랑하던 나무
잎 진다고
외면할 수 있나

느낌이라는 거

난초 박경란

동트는 일출에
감동하지 않으며

지는 일몰에
서글퍼하지 않으면

어찌 사람이라 하겠는가

허공

난초 박경란

구름이
무한히 자유로운 것은

자신을
무한한 허공에 버렸기에…

너와 나

난초 박경란

너를 스쳐 지나며
내가 흔들리는 건지

나를 스쳐 지나며
네가 흔들리는 건지

자연의 순리

자인당 배정숙

나뭇잎이 떨어지네
바람이 부나보다
너도 자연의 순리대로
떠나는구나

나도 가겠지
살 날도 머지 않았어…

초록무가 익었어

자인당 배정숙

맛나게 익은 초록무 덕에
아침 밥 맛있게 먹었네
두어 단 더 사다가 담가야겠다

군대 간 손주
휴가 오면
맛있게 먹겠다~

장작개비

농원 변광우

여보오~
와요?
등 좀 긁어 줘~~

벅 벅

아니 손으루

이거야
내 손인디~~

보일러

농원 변광우

틀어?

마러?

추워 죽겠어~

쪼매만~

쇼핑 중독

농원 변광우

빤스는 있능가?
많어유~

차돌배기 좀 살까?
늘 데 없슈~

비타밍은 있능가?

3단계

서은주

희망은 내일
근심은 오늘
걱정은 뒷날

댓글:
1. 나도 따름 -1
   그대를 만남
   우리를 만듦
   인생을 엮음

2. 나도 떠름 -2
   다욧은 내일
   먹방은 오늘
   후회는 뒷날

사랑 이야기

상안 송진훈

당신과
같이 있는 것만으로

나의 사랑이야기가
기쁨과 행복으로
가득하게 하소서

* 송진훈

대전 출신; 강원원주시 거주
특수학교 교사 봉직, 은퇴

저서 : 청각언어장애
      어찌할까 우리 아이
      장애아의 놀이지도
시집 : 골방에서 하늘로
      내 안의 너

안음과 안김

상안 송진훈

나를 안은 너
네게 안긴 나

너를 안은 나
내게 안긴 너

그런데
네게 갇힌 나
너를 가둔 나는 아닌가?

조심스레 돌아본다

님아

상안 송진훈

저 먼 하늘 구름은 잘도 보이는데
건넛마을 님은 보이지 않는구나

발 없는 바람은 잘도 오가는데
두 발 달린 내 님은 어이 못 올까

멀어서 안 보임이 아니고
발 없어 못 옴이 아니니

마음의 벽이 높기만 하고
사랑의 골이 깊기만 하구나

뚜껑

상안 송진훈

늘 닫혀 있지만
언젠가는
아주 잠깐
열려야 한다

늘 닫혀 있지만
항상 함께
있어야 한다
담겨진 그 무엇이

딴 세상

상안 송진훈

다리 위에는
요란스런 자동차

다리 밑엔
갈 곳 없는 노숙자

튼튼한 바닥 위로 신나게 달린다
튼튼한 지붕 밑에 곤하게 잠잔다

서로 다른 생각이지만
서로 같은 필요에서

한 공간에서
딴 세상을 살고 있다

피리

상안 송진훈

물오르면
벗겨져서
버들피리 되듯

육신의 굴레를
훌훌 벗어던지고

당신의 부드러운
두 입술에 물려
뜨거운 사랑 노래하는
작은 피리가 되고 싶습니다…

하늘 바다

상안 송진훈

하늘 한을
많은 한을 품어주니
하늘이 되나보다

바다 받아
모든 것을 받아 주니
바다가 되나보다

잠깐

상안 송진훈

잠깐 멈추어 보자
상대가 "잠깐" 할 때도
내가 "잠깐" 할 때도

우리 서로 배려하며
잠깐 멈추어 보자

동반자

상안 송진훈

잠이 안 와 뒤척일 때
소곤소곤
속삭여주는 사람

악몽을 꾸고 있을 때
지체 없이
깨워주는 사람

차버린 이불 자락을
끌어당겨
덮어주는 사람

늙어가는 세월 속에서
함께해서
닮아가는 사람

처럼

상안 송진훈

항상 '처음'인 것처럼
조심하며

늘 '마지막'인 것처럼
미련 없이

딱 한 번뿐인 인생이니까

기다리며

상안 송진훈

눈이 하얗게 쌓인 들판을
살금살금 걷는다
봄날을 기다리는
어린 새 순을 그리며

단단히 얼어버린 냇가를
조심조심 걷는다
봄비를 기다리는
작은 물고기를 그리며

쉬엄 쉬엄

상안 송진훈

살다보면
빨간 등이
켜질 때도 있다

기다리면
반드시
파란 등이 켜진다

그렇게 쉬엄 쉬엄
살아가는 것이
인생이다

하루살이

송현주

최고도~ 아니요…
꼴찌도~ 아니요…
하루~ 하루~
살아가는
하루살이입니다…

하나

채원 심단효

너
그리고
나

선에서 선으로
이어가는
우리는
하나

사랑으로
끈을 이어주는
또
하나의 선

그리고 감동, 행복

울 엄마

채원 심단효

울 엄마는
나 보고
아프지 말라 늘 그러신다

그러시면서
울 엄마는
늘
아프시다

김장 하는 날

양순금

여름내 폭염도 감내하더니
혼기가 꽉 찬
처자가 되어 돌아왔구나
이젠 좋은 짝 만나 시집을 가야지
신부 화장은 엄마가 해주마!

대파, 쪽파, 갓이랑 예단도 준비해 뒀다
실고추 족두리 하늘하늘 머리에 얹고
빨간 고춧가루 신부화장이 참 어여쁘구나

은빛 나는 스텐레스 다라이를
꽃가마라 생각하고
눈물 흘리지 말고
뒤도 돌아보지 말고 시집가서
귀염 받으며 잘 살아라
수육이랑 굴이랑 상객으로 모시고

너의 보금자리는 땅 속에 묻힌
항아리 속이지만 고대광실로
생각하고 행복하그라

에미 부탁은 그것뿐이다
사랑하는 배추 딸아!

손녀 그림

양순금

일학년 짜리 손녀 딸
나무토막 하나
주워서 가지고 놀다가

'할머니, 저 보고 싶을 때 보세요
제 모습이어요'

예쁘게 그려놓고 갔네요

공주병

양순금

즈그 언니 장염 걸려서 병원 간다니까
"엄마, 나도 공주병 걸렸는데
언니처럼 병원 가서 주사 맞아야 돼요? ㅋㅋ"
"그럼 주사 맞아야지"
"앙, 싫은데~"

생각

유광수

모양도 없네
형체도 없네
보여주지도 못 하네

거짓이라 매도해도
아니라고 오해해도
벙어리 냉가슴만 앓네

* 유광수

원주출신
제주거주
지역 시사 평론가

봄비

유광수

산골짝 얼음 녹이듯
북한 주민들 억눌린 가슴 녹이고

도랑에 물 채우듯
북한 주민 굶주린 배 채우고

버들강아지 눈 틔우듯
남북한 대화 틔우고

진달래 개나리 꽃 피우듯
남북한 평화의 꽃 피우고

논두렁 밭두렁 물꼬 트듯
남북통일 물꼬 트세

가난뱅이 비설거지

유광수

태풍에 날아갈 家産 없고
장마에 떠내려갈 田畓 없으니
고무신 한 켤레 들여놓으니
비설거지 끝이네

왼 고무신에 막걸리 따르고
오른 고무신에 풋고추 된장 담아
천둥 번개 빗소리 풍악 삼아
거나하게 마시고
기분 좋게 취하니

家産 많고
田畓 많은
김부자 안 부럽고
두보 도연명 안 부럽네

연말연시

유광수

올 한해도 정신없이 달려 여기까지 왔건만
왜 나이 한 살 더 먹어야 하는 이 언덕에는
해마다 찬바람만 세차게 몰아치는지
한 해가 저물어 익어가듯
푸르던 감귤도 노랗게 익어 가는구나

차가운 돌담 위의 장미꽃
너는 아직도 꽃다운 청춘이냐?
나이 먹는 계절도 다르건만
나는 오늘밤 자고 나면
울며 겨자 먹듯 한 살을 더 먹을 테고
산 날보다 살날이 분명 짧겠지만
꽃다운 청춘 돌아보며 위안삼고

철없는 짓 일삼다 보면
누가 알아?
내년부턴 나이를
거꾸로 먹을지?

나

유광수

가끔은 내 안에서 나를 내쫓고
혼자 살고 싶을 때가 있다

가끔은 나를 드러내지 말고
감추고 싶을 때가 있다

가끔은 나를 믿지 말고
남을 믿고 싶을 때가 있다

평생을 믿고 살았는데
이제 슬슬
의심이 가기 시작한다

평생을 같이 살았는데
이제 슬슬
헤어지고 싶어진다

백일홍

윤명자

백일홍을 좋아하셨던 우리 엄마
선풍기 바람은 싫다고
부채질하라시며
가쁜 숨을 몰아쉬곤 하셨지

피토할 듯 기침을 하시다가
뒤란 문이라도 열어젖히면
울 안 가득 백일홍
방안을 기웃거리고

백일 동안 피는 게
부러우셨던 걸까
핏빛 강렬함에 빠져들듯
바라보시던 엄마

백일만 기다리면 돌아오겠다던
떠나간 임 그리워하는 안타까움은
노을 되어 붉게 물들어가고

엄마의 입술은 파랗게 떨리고 있었다

휴일

윤명자

별 하나 없이
검푸른 깊은 하늘
홀로 길 밝히는 등대인가
보름달이 선명하다

갈 길 다른 분리대 너머
화려한 상들리에 끝없이 펼쳐져
달처럼 고고하지도
검은 하늘처럼 한적하지도 못한

도망치듯 허둥대는
휴일 나들이 길

인사

윤명자

바람에 날려 떨어지는 낙엽
내 마음도 실어 보낸다

모두를 털어내고
돌아오는 봄에는
예쁜 새싹으로 거듭 나겠지

바람에게
낙엽에게
남아있는 꽃에게
인사를 한다

애썼다고
잘 살아왔다고
고마웠다고

나에게도 인사를 한다
사랑한다고

세월

윤명자

새소리마저 숨죽이는
한 여름 계곡
물소리가 깨어 있음을 알려준다

토끼 먹일 풀 뜯으러 숲에 간
엄마를 기다리는 소녀

손에 쥔 작은 조약돌
물소리 리듬 맞춰
애꿎은 풀잎만 짓이긴다

먼 먼 길 돌아온 아이

머리에 풀 한 짐 이고 오는
엄마를 찾아
어린 사슴 눈 빛 되어
온 산을 더듬어 찾고 있다

늙음

윤명자

늙었다 설워말고 애달파 하지마라
일찍이 포기한 이 상당히 많을 텐데
예까지 달려왔으니 행운이 아니랴

마음을 털어 냈더니
행복이 밀려드네
꾸역 꾸역

은행나무

이반석

은행나무 밑에서
냄새를 맡아본다
어디론가 사라지고
바람의 향기처럼
느껴지는 냄새

사랑도
은행나무 같겠지?

봄이 오면
좋아 날뛰다가

여름이 오면
죽고 못 살다가

가을이 오면
서로 마음이 변하여
마지막 가을이 오면
외면하고

겨울이 오면
저 나무가 은행나무인가

한줌 밖에 안 되는 인생

이반석

나이 하고 상관없이
한줌에 재가 되어
사라지는 허망한 인생

관속에 들어가 두 시간이면
한줌에 재로 되어 나오는
인생

하루하루 살다 여기까지 온 게
화장터에 뜨거운 불기에 타
한줌에 재로 나오는
인생

아! 아! 아!

나의 인생 한줌에 재로다

이별

지승 이혜영

이별

지금은 아프지만
잊으세요

새로운 일들이
그대에게
다가올 것을
기대하면서
힘들어 하지 마세요

흔들흔들

지승 이혜영

내 마음이
흔들흔들

갈대숲이
흔들흔들

산행의 바람이
흔들흔들

삶의 무게

지승 이혜영

삶의 무게
생각하기 나름이다
힘들다고 생각하면
끝이 없다

이 정도쯤
마음먹고 움직이면
가벼워진다

댓글 :
1. 글죠, 세상사 누구든 힘겨운 삶이겠죠.
   산을 오르듯 오르막이 있으면 내리막도 있구
2. 삶을 짊어지고 겨울 산을 찾으면 삶이 얼어
   차가울 텐데…
3. 삶의 변화를 느끼고 즐겁게 생활할 수 있는
   것에 항상 감사를 느낍니다.
4. 어떤 길이라도 내 마음을 어떻게 먹는지에
   따라 행복과 불행을 느끼고 살아가는
   것 같습니다.
5. 생각이 바뀌면 몸도 마음도 바뀐다고 믿습니다.

김장

지승 이혜영

초록 옷을
입고 있던
배추야

이제는
빨간 옷을
입어야지

새롭게
태어난
김장 김치

시간이 지나고
숙성이 되면
너의 맛을 보러
나는 올 것이다

소풍

이환순

하루 소풍으로
여독을 풀고

다시 또
소풍을
준비하렵니다

산막이 옛길 다녀왔어요.
나지막한 돌담길도
예사로 보이지 않더군요.

댓글:
그렇지요. 수많은 돌들이 어찌 그리도 잘 쌓여
있는지요. 큰 돌, 작은 돌, 모난 돌, 둥근 돌…

엉뚱시

이환순

나는 왜 이리 7 7 치 못한 걸까?
그래도 아직 8 8 하니 다행이다
진짜 제발…
9 9 하게 살지 말기를
오늘도 간절히 기도합니다
크 크 크
하 하 하

점점 늘어나는 사이즈에 놀라서 한탄하며
지어보았네요.
웃는 하루 되세요. 친구여~

나리

돌담 최기창

큰일을
하랬더니

큰일을
내는구나!

* 최기창

충남 천안시 출생
강원 원주시 거주
현) 상지대학교 교수
저서 : 돌담한줄, 엄마

계곡

돌담 최기창

돌을
씻었는데
물은 맑고

물을
걸렀는데
돌은 깨끗하구나

꽃 질투

돌담 최기창

분명

아내에게
나는
꽃만도 못 하다

마무리

돌담 최기창

마무리를
잘 했으면

일을
해내신 것이고

마무리를
안 했으면

일을
저지르신 겁니다

복지 사회

돌담 최기창

최고가 되든지
꼴찌가 되어야 합니다

최고는
스스로 먹고

꼴찌는
국가가 먹여 줍니다

하수와 고수

돌담 최기창

하수는
코로나 때문에
장마 때문에…

고수는
코로나 덕으로
장마 덕으로…

좀 더

돌담 최기창

좀
잘못하며 살아도 돼
더
잘해 보려만 한다면

좀
후회하며 살아도 돼
더
보람차려만 한다면

좀
고민하며 살아도 돼
더
행복하려만 한다면

좀
포기하며 살아도 돼
더
해내 보려만 한다면

지켜보기

돌담 최기창

때론
그냥 냅두는 게
좋을 때도 있다

곪기를 기다리는
종기처럼…

꽃날

돌담 최기창

꽃이 피는
그 날이
꽃날이겠지요

그 날을
기다립니다

사랑은

돌담 최기창

사랑은
미소이자 울먹임이고
설레임이자 두려움이다

사랑은
기쁨이자 슬픔이고
격정이자 평온이다

사랑은
간절함이자 냉정함이고
힘이자 아픔이다

사랑은
그리움이자 미움이고
꿈이자 현실이다

그래서
사랑은 전부다

당신은

돌담 최기창

할 수 있는
당신은

위대하구요

하고 있는
당신은

행복합니다

자존심

돌담 최기창

나같은 사람
한명쯤

세상에
살고 있어

민폐는
아니잖아?

낙엽에게

돌담 최기창

꼭
붙어 있어라

떨어지면
낙엽이다

댓글 :
살아남아야 이기는 것이고
떨어뜨리어 살아남는다

마음은

무루지 최성유

마음은
바람의 무게로
천만근의 삶을 지켜낸다

* 최성유

강원 원주시 출생
법명 : 무루지 (無漏智) · 아호 : 행원(杏園)
현) 대한불교조계종 전문포교사
현) 보육교사

내일로 가는 길

무루지 최성유

아름다운 과거는
추억이 되고
아픈 과거는 기억이 되네

아름다운 현재는
날개 짓하는 나비 같고
아픈 현재는
다리에 난 쥐 같네

쥐가 난 다리를 잡고
날개 짓하는 나비가 돌담에 앉아 투덜

방귀

무루지 최성유

엄마
미안해
나 때문에 정말
속이
다 썩었나봐

방귀 뀐날·딸의 사과

마당에 풀어 키우던 장닭

무루지 최성유

어느 날
마당에서 쪼그리고 놀던
계집아이의 머리 꽁댕이에
다짜고짜 올라타 푸드닥~쪼아대는 장닭~!!!
놀라 자빠져 계집아이는 울고
더 놀란 계집아이의 어미는 비명을 지르며
맨발로 마당으로 뛰쳐나가고
분한 계집아이의 할머니는
그길로
장닭을 잡는다고 쫓아다니길 몇 시간

결국 두 다리가 묶인 채 파닥거리는 닭
계집아이는
"할미 꼬꼬닭이가 불쌍해"
아궁이에 불 지피며 할미 하는 말
"조금만 기다려봐"
잠시 후
솥단지에서는 김이 모락모락
맛좋은 냄새가 마당을 가득 채우니
쪼르륵~~ 솥단지 앞에 쪼그리고는

"할미, 배고파"
열린 솥단지에서
잘 삶긴 닭 한 마리 꺼내지고
뜨거운 손 호호 불어가며
다리하나 뚝 떼어 대접에 덜어주며
'이놈 먹고 아까 놀라 자빠져 운 거
다 채워라 ~'시네
신이 난 계집아이는 좋아라 하고
마당가득 솥단지의 구수한 냄새와
닭 쫓던 할미의 진한 땀 냄새

어미는 지금 그 날이 그립다

바람 이유

무루지 최성유

보이지 않지만
느낄 수 있는 바람은

나무를
흔들어 수다를 떨게 하고

처마끝 풍경마저
요동치게 한다

바람이 하는 일이 그러해

나무를 흔들고
풍경을 흔들고
사람의 마음까지 흔들고

또 그 마음은
또 다른 마음을 흔들고
우리네 사는 일이 그러하네

나도 모르는 사이에
또다시 부메랑이 되어
나에게 되돌아오고

그게 사람살이 인걸
지금 나의 모든 건
결국 내가 만든 바람
참으로 무심한 바람이지

돌담에서 비바람 맞다가 / 무루지 감기 올 듯한 날

가을 회상

무루지 최성유

세상이
다 초록인줄
알았던
그런
날이 있었네

갈갈하니
모두 다 드러나네

너희 모두 다
제 색깔이 있었구나

내 색깔은 무슨 색일까 싶은…날에

간병

무루지 최성유

하루가
평생으로 기억되길
바람하며
하루를 선물합니다

하루
하루를
선물합니다

돌담 모퉁이에서
내 엄마의 일생이 존중받고 사랑받았던
한 여자의 일생으로 기억되어지길 바라며

혼자 가는 사랑

무루지 최성유

난 10월이 오면
너에게로 갈 거다

참 붉은 가을산 너머
타는 그리움을 안고

너의 심장
영원한 나의 안식처

나의 무덤 속으로

인생

무루지 최성유

인생이란
불어오는

태풍에도
끄떡없다가

미풍에도
흩날리더라

어떤 그리움

무루지 최성유

내 그리움은
뼈를 갉아먹고
혈관을 타고
심장을 관통
나를 먹어치운다

내 사랑하는 부모님께 존경과 사랑을 담아 그리움을 전하며..

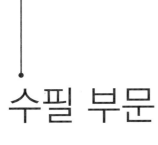

수필 부문

제주 돌담2(건담)

유광수

제주도가 장점도 많지만 미운 점이 없지는 않다.
해마다 불어 닥치는 태풍은 정말 싫다.
번번이 많은 피해를 남기고 지나가지만
그 어느 곳에서도 돌담이 넘어갔다는
소문은 들어보지 못 했다.
구멍이 숭숭 엉성하게 보이는 저 돌담, 그 구멍들 때문에
그 어떤 태풍에도 꿋꿋하게 버티고 살아남아 존재감을
과시하고 있어 오늘 제주의 돌담은 건(建)담이라고 하겠다.

제주시 노형동의 블록담장이 몇 해 전 태풍에
이렇게 힘없이 무너져 버렸다.
그러나 제주 들녘의 엉성해 보이는
끝없는 저 돌담들은 수백 수천 년을
꿋꿋하게 버티고 서있나 보다.

댓글: 1. 돌챙이의 지혜에서 나온 돌담들이지요,
   그들의 혼으로 태풍을 이겨냅니다.
2. 역쉬 돌담은 건재하다는 말씀.
   건(建)담 is 건(健)담
3. 제주 돌담 이야기 참 좋아요.
   가난한 제주 돌담,
   건강한 제주 돌담,
   부유한 제주 돌담.

제주 돌담3(생담)

유광수

돌과 흙은 둘 다 무기물.
같은 무기물이지만 흙 속엔
온갖 생명체들이 살아 숨 쉬고 있는 반면
돌 속에서 생명이 살아 숨 쉰다는
얘기는 들어보지 못 했다.

그런 돌로 담을 쌓고 그 돌담 사이에
흙을 채우고 나무나 꽃을 심으면
비록 인위적이긴 하지만 얼핏 보면
돌에도 생명력이 있는 것처럼
착각이 들기도 한다.

아래 돌담에는 인공적 조림이 조성되었지만,
그 아래의 것에는 언제 어느 아낙의 힘으로
시작되었는지 알 수 없지만 얼마 후부터는
자생으로 번식하여 새로운 터를 잡았다고
생각된다.

저렇게 생명이 없는 돌에다 생명력을
불어 넣은 것은 분명 사람의 정성과 노력이
돋보이는 일이지만,
때론 식물이 스스로
돌을 감싸고 올라가 돌에 생명력을
불어넣는 경우도 종종 있다.

아래 사진은 돌담 위의 닭의장풀이다.
저 높은 돌담 위에 수십 미터의 닭의장풀이
군락을 이루며 살고 있는데,
가까이 다가가 가만히 얼굴을 살펴보면
어느 것 하나 얼굴을 찌푸리고 화내며
힘들다 불평하는 꽃은 없었다.
모두 다 화사하게 웃으며 제 몫을 감당하고 있다.

이 돌담은 지상 3.5미터의 높이에
온전히 돌로만 쌓은 높은 성곽이다.
그 위에서 물 한 방울을 얻으려면
3.5미터의 돌 사이의 구불구불한 길을 더듬어
뿌리를 내려야 비로소 땅에 이르지 않았겠는가?
강우량도 많지 않은 제주도의 하늘만 바라보며
어떻게 저 높은 돌담 위에 터전을 잡고
말라죽지 않고 살아간단 말인가.
저 풀의 생명력은 추론이 불가능할 정도로
신비롭고 놀라울 뿐이다.
이는 마치 힘들고 어려운 고만을 이겨내는
우리들과 다름이 없음에 더욱 애착이 간다.

그림 부문

채원 심 단 효

2018. 한국미술협회 미술 대전 특선입선
2020. 서예문인화 대전 국무총리상 수상
2020. 한국 문인화 휘호대회 입선
2020. 삼례문화예술관 개인전 다수
　현) 문인화 강사

사진 부문

밴드 현황

우리밴드의 멤버는 **50대 여성, 40대 여성, 50대 남성** 이
많습니다.

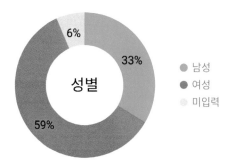

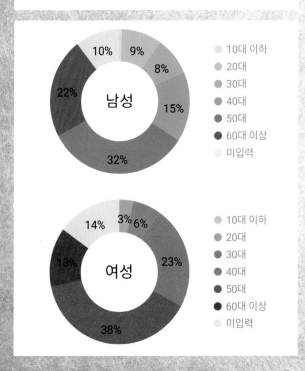

우수 멤버

11.14 ~ 11.20

우리밴드에서 **최근 7일간** 가장 열심히 활동한 멤버는
나니 · 빛고올 · 58년생 님입니다.

● 게시글　● 댓글　● 표정짓기

 나니 · 빛고올 · 58년생

 송진훈/원주/51.

 정설희

 돌담 최기창

 김만석 땡큐닭갈비010 5374 1125

 박서연

 주원희

활동성

11.14 ~ 11.20

어제 11.20	최근 7일 11.14 ~ 11.20	
새 멤버	새 멤버	
1	2	
접속 멤버	접속 멤버	
69	181	
콘텐츠 작성 멤버	콘텐츠 작성 멤버	
15	47	
게시글	게시글	
2	30	
댓글	댓글	
22	155	

자세히 보기 ›

자연인.善雄 진리가 자유롭게 하리라
2020년 11월 11일 오전 10:59

어떤 단어가 떠오를까?

표정 5 · 댓글 9

이환순
새콤달콤
침나와요~~ㅎ
11월 11일 오전 11:24   😍 1   ☺   💬

도수치유사 이성희(원주)
부자
11월 11일 오후 5:34   😍 1   ☺   💬

도수치유사 이성희(원주)
가을
11월 11일 오후 5:34   😍 1   ☺   💬

도수치유사 이성희(원주)
행복
11월 11일 오후 5:34   😍 1   ☺   💬

정설희 010-9362-4785
가을의 맛 아닐까요
11월 11일 오후 6:15   😍 1   ☺   💬

張洪國/ 57
오디랑개복숭아가잇어서 가을은
조금 그렇구
뭘까궁굼요
11월 12일 오전 6:58   😍 1   ☺   💬

나니 · 빛고을 · 58년생 끝이 좋아야 다 좋다~💕
건강~^^♡

채원.곱결.심단효.원주64
2020년 11월 3일 오전 7:35

초대합니다

제5회

채원 심단효 개인전

2020. 11.14 토 - 11.29 일
Opening _ 11.14 토 오후 4시
삼례문화예술촌 시어터애니

전라북도 완주군 삼례읍 삼례역로81-13 삼례문화예술촌
Tel. 070_8915_8121

(백운동 까치마을 작은 음악회
위문공연)
...더보기

더보기

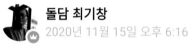

돌담 최기창
2020년 11월 15일 오후 6:16

태백산에서
한번 더

자폐인 사랑

공유하기

표정 17 · 댓글 4

참여하신 분들

김선웅   박경란   배정숙   변광우

송진훈   송현주   심단효   서은주

양순금   유광수   윤명자   이혜영

이환순   최기창   최성유

(가나다 순)

협찬해 주신 분들